O —

editora Urutau

rua do cajú, 478,
jardim das cerejeiras
06724-015
cotia-sp (brasil)

avenida peirao besada, 6 – 2D
36163 poio-pontevedra
(espanha)

[+34] 644 951 354 [espanha]
[+55] 11 9 4859 2 426 [brasil]

www.editoraurutau.com.br
contato@editoraurutau.com.br

[EDITORA]
debora ribeiro rendelli
[REVISÃO]
ayrton alves badriah
[PROJETO GRÁFICO]
wladimir vaz
[COORDENAÇÃO GRÁFICA]
tiago fabris rendelli
[DIAGRAMAÇÃO]
victor h. azevedo
[CAPA]
colagem digital de victor h. azevedo

dados internacionais de catalogação na publicação (CIP) de acordo com ISBD

lucas, maria
L933m mais uma casa de bonecas / maria lucas. — cotia : urutau, 2022. 56 p. ; 13cm x 19cm.

ISBN 978-65-5900-282-5

1. literatura brasileira. 2. prosa. I. título.

CDD 869.8992
2022-1682 CDU 821.134.3(81)

elaborado por odilio hilario moreira junior - CRB-8/9949

MAIS UMA CASA DE BONECAS

MARIA LUCAS

[primeira edição]
URUTAU
junho de 2022

sumário

[prefácio]
Corpo-casa; escrita

Escrever, escrever, escrever. Como quem plasma minha existência ao viver.

O livro anterior a este foi escrito por um corpo que se fez como ouvido, ouvindo agressões diárias na luta por ser ouvida. Foi uma escrita agressiva que eu tampouco consigo reler. Refiz-me personagem de mim mesma e voltar àquela leitura é (re)vivenciar as violências que por mim foram vividas.

Neste livro, o segundo volume da trilogia autoficcional, busco (re)construir o conceito de casa, a entendendo como o meu corpo, minha corpa. Essa(s) novas(s) possibilidade(s) de casa(s) se dá(ão) através do ato que me salva das violências vividas e descritas no livro anterior, e que sei que seguirei vivendo neste mundo que exclui existências como a minha, passando, neste livro, para uma escrita que expõe a exclusão do corpo trans e que também se transpõe como uma força motriz para que sigamos vivas e, mais do que o desejo de seguir viva — expondo os impedimentos para que isso aconteça —, é também um desejo de ser um corpo que grita e que se autoconstrói no desejo de que outros corpos, que perpassam por esse mesmo processo, sejam vistos, sejam ouvidos.

Meu corpo, minha corpa, minhas regras escritas e descritas que, ainda e infelizmente, necessitam expor as agressões oriundas de uma normatividade de gênero binária e violenta, além de narcísica. Um corpo que, apesar disso, aqui e agora, busca uma redenção na escrita para expor o quão potentes podem ser também os corpos tidos como subalternos na perspectiva de gênero socialmente aceita como *normal*. Um corpo que se exercita e se excita gritando para que outras corpas ecoem, tão potentes quanto esta. Que esse grito possa ser potente e que se una em um coro uníssono, que não começa e nem termina na minha voz, nestas palavras e tampouco neste livro.

A narrativa iniciada em *Esse sangue não é de menstruação, mas de transfobia* chega até esta que agora você lerá, mas irá se concluir em *Antes que tudo em mim vire silêncio*, compondo assim a *Trilogia d'Ela*.

Quem é Ela? Quem sou eu?

Que livros são esses?

Falaremos do presente ou das possibilidades dele?

MARIA POR ÍRA BARILLO

Este livro é um misto de verdades cruas e de possibilidades de uma vivência fora das normas absurdas que constroem um mundo ficcional. É sobre se autoescrever para conseguir se enxergar por fora. É sobre ler para poder compreender como se constrói a personagem aqui descrita. É talvez um convite para o processo de criação da autora ou um chamamento para penetrar no que acontece com a protagonista, para além da fatia de sua vida descrita na obra que antecede esta. Este livro não é uma história linear, é uma proposta. Este livro pode até nem ser, na verdade, um livro, mas fragmentos que, após lidos de uma forma linear, podem ser quebrados, rasgados, rasurados e justapostos antes, durante ou depois do livro lido anteriormente.

O sangue que mancha as páginas da última leitura é de transfobia. Este livro aqui não pretende limpar as páginas finais do outro, mas talvez construir possibilidades para compreender os processos sociais que ocorrem para que tais atos aconteçam e construir, ao fim, páginas que sejam manchadas por outras cores que não só as avermelhadas.

Este livro não é sobre processos tidos como naturais. Este livro não é sobre, por exemplo, a menstruação, mas sobre a máquina social que constrói a transfobia.

CAPÍTULO 0
ESCREVER

Há vida após o fim descrito?

*

Escrevo para dizer que o ato do fim do capítulo anterior, no caso o que ocorre ao final do primeiro livro desta trilogia, não se concluiu, pois escrevi sobre o mesmo. Escrever sobre o voo da personagem Ela é plasmar essa possibilidade de realidade no papel e, convertendo-a em ficção, não voar e não fazer com que o meu sangue fosse jorrado em meio àquela calçada para a qual olhei e quis me jogar lá do alto daquele andar. Talvez eu precise, novamente, te lembrar que Ela sou eu e que, escrevendo esta personagem, pude me distanciar dessa realidade que tanto me alija da vivência em coletividade. Escrevendo, crio outras possibilidades ficcionais, inclusive a de me tornar uma artista, uma autora publicada e agora lida por você, por vocês. Mas sinto a necessidade de voar, não para me lançar de cima de um prédio em um desespero oriundo de uma transfobia gritante, mas sim voar para alguns anos atrás, quem sabe páginas atrás.

Páginas estas não em branco e também não descritas no livro anterior. Voltarei para muitos anos antes do ocorrido, para que eu chegue na casa que me expulsou: no caso a casa que expulsou Ela, pois prefiro distanciar-me desta escrita e manter viva esta persona, Ela, assim como busco manter viva minha corpa nesta vivência de trava fora destas páginas.

Antes de voar e retroceder anos atrás nessa história, voaremos um pouco à frente, para quase agora, momento em que escrevo este segundo livro. Preciso lembrar que eu, a autora, escrevi o nome de minha personagem em minha pele: colei a vivência dela na minha, escrevendo, abaixo de meu pescoço, o nome ELA. É talvez óbvio demais ter esse pronome pessoal do caso reto como uma pequena placa abaixo do meu rosto e pescoço, mas é uma obviedade de um corpo que uiva para assim ser chamado. Essa tatuagem mais me aproxima dessa personagem que criei para os meus escritos, a refazendo em mim, do que me salva da transfobia diária. A refaço almejando-a como uma heroína (minha? sua?); e essa heroína não pode morrer, não deve. Ela tem nome, mãe e história. Ela teve infância e outros personagens presentes e futuros que comungam da sua perspectiva de gênero e sexualidade — que não tem a norma como conformidade. Ao serem remetidos à palavra infância, mencionada anteriormente, alguns podem imaginar Ela como um menino. Mas não, imaginemos ela sem descrição corporal, mas já com a tattoo em seu pescoço, já com o seu — o nosso — (pro)nome ali escrito: é isso que, a mim e a Ela, nos importa.

Ela era uma criança imaginativa e que precisava sonhar com outros mundos para secar as lágrimas que este cruel em que vivemos a fazia chorar. A pequena Ela, que já era confundida e diariamente perguntada se era *ele* ou *ela*, possuía dificuldades em compreender como deveria se comportar, assim como qualquer criança, com a grande demanda de regras sociais em seus primeiros anos de vida. Era como se a criança já possuísse uma dívida, anterior ao seu nascimento, e contas a prestar sobre como falar, vestir-se e até brincar.

Na primeira escola que frequentou na vida, antes mesmo de aprender a ler ou a escrever, logo após aprender a falar, agiu como uma pequena estagiária no que seria sua vida em não conformidade com o gênero, grande tabu da vida em sociedade. Uma estagiária que portava-se como desajeitada, tortamente uniformizada e que devia satisfação a todos: a Homens e Mulheres Adultos e a outras crianças, que eram como miniaturas dos primeiros. Ela se sentia sempre no meio, ou de fora, na borda, a observar, de frente, o que os Homens e Mulheres Crianças faziam e, de baixo, o que os Homens e Mulheres Adultos ditavam.

Nas festas escolares em que precisava escolher e vestir uma fantasia, era sempre uma incógnita: as Mulheres Crianças se vestiam de gatas e os Homens Crianças de cachorro; Ela de coelho. E assim se seguiam os outros de Bruxas ou Piratas, Ela de Vampira. Sempre se deslocando entre os grupos e sem saber como agir em ambos (sim, sempre binários). Vestia-se de vampira e não se sentia colorida como as bruxas e fadas e nem grosseira como os piratas a gritarem ao mar.

E ainda se vestia de coelhinha sem ser páscoa, para graça e chacota de todos. Suas escolhas eram nada convencionais.

Na hora do intervalo, gastava todo o tempo na fila para subir e descer pelo escorrega, mas quando chegava lá em cima não tinha coragem: tinha vertigem pela altura, talvez por se aproximar um tanto dos olhares cruéis dos Homens e Mulheres Adultos e por se ver distante dos opressores Homens e Mulheres Crianças. Por vezes não dava nem tempo de chegar lá, pois uma das Mulheres Crianças tinha devaneios de que era um animal, um pássaro, e que dali iria voar, fazendo com que Mulheres e Homens Crianças rissem e que os adultos se aproximassem para tirar a passarinha dali e para acabar com a fila. Ela não entendia a cena, mas, de uma certa forma, já olhava para a Menina-Pássaro e entendia o que era ser retirada de forma irrisória de lugares por reivindicar ser algo que os outros estranham e não acreditam, não veem concretude.

Certo dia ganha um doce de uma Mulher Adulta (bem adulta, como uma avó) dentro do ônibus de volta para casa. A senhora lhe pergunta o que ela faz na escola, e Ela conta da dificuldade em subir no escorrega.

— Você é muito jovem, um dia vai se arrepender se não tiver feito isso.

As palavras dessa senhora, nunca mais vista, ecoaram e ecoam até hoje dentro d'Ela, que se esforçou para se sentir uma Menina-Pássaro e subir e descer pelo escorrega.

Neste processo, fez uma nova amiga, que era esperta, mas em nada diferente de qualquer outra Mulher Criança.

— Olha aqui, bem no meio das minhas pernas! Eu sou menina, e ele menino. Mostra o seu!

Dizia a nova "amiga", levantando sua saia e apalpando um Homem Criança ao seu lado — que ria envergonhado. Ela não mostrava, pois nem ela própria conseguia enxergar, tão cedo, sua genitália ambígua.

Frequentar o escorrega e fazer essa nova amizade invasiva fez Ela ser convidada para entrar em pequenas casas coloridas, onde sempre foi rejeitada, grandes casas para brincar de casinha e de bonecas. Enquanto os Homens Crianças praticavam esportes, as Mulheres Crianças brincavam de serem donas de casa com bonecas e brinquedos que remetem à vida adulta. No lar em miniatura, um grande sonho e desejo pulsante d'Ela: fazer comida, varrer, passar, colocar um bebê para dormir. Ela sabia tudo apenas por observar. Mas suas novas amigas a deixavam apenas brincar como O Filho, quietinho em um canto; e Ela ficava assim para poder observar. Um dia pegou um bebê e colocou no colo, para risadas de muitas e puro ódio da que antes queria olhar sua genitália:

— Você é homem, tá maluco? Você é um filho, tipo um bebê. Eu faço as coisas, eu faço tudo nessa casa!

— Mas ele pode ser o pai.

—Não, ele é O Filho. O pai tá lá fora, trabalhando, jogando bola, e não pode saber disso.

E um dia, quando o Homem Menino, que era o pai, entrou suado, esbaforido e gritando do futebol, as outras expulsaram Ela do lugar. O pai pegou seu resto de biscoito e disse para Ela levar lá para fora e colocar no latão de lixo.

Fora da escola, na casa em que morava com sua mãe, Ela tinha uma vizinha que era menor, bem quietinha e com muitas bonecas. Com a menina, Ela brincava sem Mulheres ou Homens Adultos por perto e colocava em prática tudo que observara na escola: dar carinho e amor para pequenas bonecas que eram como miniaturas de Mulheres Adultas. A outra menina não a julgava, e as duas brincavam a sós. Mas, pouco a pouco, Ela compreendia que para os outros, crianças ou adultos, ela estava fazendo algo errado. Então buscava sempre se esconder cada vez mais. Essa amiga se mudou, depois Ela teve outra, com a qual a mãe, ao ver Ela com bonecas, estranhou. Também uma vez a própria mãe d'Ela perguntou:

— Tu tava brincando de boneca?

E ela disse: Não! E nunca mais Ela tocou em uma. Pegava os brinquedos que eram tidos como "para meninos" que ganhava e com eles construía o quarto de suas filhas, suas possibilidades hackeadas de casa de bonecas e de brincadeiras de menina.

Mas nos espaços que frequentava, a casa, a igreja e a escola, era sempre empurrada para algo tido como natural para o seu corpo: jogar futebol. Nesse jogo feito para homens, para Ela somente sobrava suor, grito e violências. Como um corpo torto, desajeitado, Ela era mais chutada, e menos desejada, que a bola.

— Como fugir desse espaço que não é feito para mim?

Ela pensava como quem pensa para agir e manter-se viva. Na primeira fuga, em meio a uma aula de Educação Física, entrou no banheiro masculino — o predestinado a Ela naquele momento — e, não sendo ali protegida, foi violentada por jogadores de futebol violentos, que cometeram atos contra o seu pequeno corpo, os quais não gostaria de aqui descrever.

— Um lugar possível?

Ela pensava em como agir de forma mais efetiva para proteger o seu pequeno corpo. E descobriu a primeira biblioteca de uma dessas escolas, e depois muitas outras — as das escolas públicas que frequentou. Mais do que um lugar possível de proteção, eram um ambiente com novos e futuros amigos, os livros, que não a violentariam e nem tentariam descobrir o que ela tinha entre as pernas. Estes, às vezes grandes, por vezes pequenos, com ou sem imagens, eram possibilidades de um mundo (ou mundos) possível (possíveis). Ali, ela continuava a fugir e precisava por diversas vezes mentir e até roubar: dizia que era de alguma outra turma em intervalo, para que não descobrissem que ela estava escondida de uma aula e dali a enxotassem, e também, por querer alugar mais livros do que poderia, escondia nas calças e até roubava alguns que a interessavam. Aprendeu a mentir e a roubar, por conseguir fugir do espaço social que só trazia violência para sua existência, e logo depois aprendeu a no papel colocar o que dele tirava pela sua resistência: aprendeu a escrever.

Das casas de boneca de onde foi expulsa ainda no início da infância, Ela carrega uma dor: sentimentos ruins que só veio compreender quando eu comecei a escrever esta trilogia. Desse primeiro momento até a atualidade, muitas coisas aconteceram, tantas que dariam para escrever não um pequeno livro, mas um romance ou até uma epopeia. Mas, agora que já voamos para essas páginas que para vocês ainda estavam em branco, voaremos para a frente: essa Ela não se jogou de cima de um prédio, pois, com os casos que aqui foram descritos, aprendeu a (re)escrever suas possibilidades de ficção, de vida e de memória. Mas essas tecnologias da escrita não a fizeram, e nem a farão, não viver situações de nítida expulsão. E é sobre isso que falaremos por agora, no que acontece na nova casa dessa que amadurece à medida que essa escrita se desenvolve e cresce.

Por não ter se jogado, avoada, de cima de arranha-céus, observando o mundo (seu grande opressor), Ela, de alguma forma, nunca mais dormiu ou se acalmou. Foi viver em uma casa, em que a princípio parecia acolhida — uma casa que, por diversas vezes, lembrava as casas coloridas da escola em que Ela primeiro estudou.

CAPÍTULO 1
MAIS UMA CASA

Agora, escrevendo, desenho algo que é como os primeiros desenhos que aprendemos quando nos primeiros anos de nossas vidas: casinhas. Escrevo como uma criança descobre o mundo ao seu redor.

*

Em uma outra casa, Ela, agora como fugitiva, se instaurou. Fugindo das dores que acometem seu corpo, tentava apenas tapar seus ouvidos para não mais ouvir o som do trauma e, como voadora de alguma janela, não mais desejar avoar. Uma casa agora mais próxima do solo, no epicentro de um bairro central carioca, próxima aos Arcos da Lapa e de uma escada longa e colorida que diariamente é visitada por turistas chamada Escadaria Selarón. Nesse espaço geográfico, Ela chega, fugindo da possibilidade de fim do outro livro, um final transfóbico e trágico. Ela agora almeja se livrar do ocorrido nas páginas antigas e se (re)construir.

Ao se autotranscrever, ganha um importante prêmio literário, sendo entrevistada e chegando às telas e às capas dos jornais. Mas, fora das telas e das capas, Ela apenas deseja existir sem necessariamente necessitar resistir. Ela não deseja ser um totem que simboliza a resistência do sangue relacionado à transfobia. Ela deseja apenas ser Ela, e por isso ser respeitada.

Chega nesse espaço com os seus pertences, resquícios do que conseguiu levar da casa anterior e do que pelo caminho se perdeu: assim como foi perdida sua dignidade, sua crença como mulher e artista e todos os seus documentos estatais e oficiais, que, por medidas médicas e judiciais, comprovavam que Ela era Ela.

Ela, então, sem compreender, necessitava reconstruir sua vivência assim como se constrói uma casa: com base forte e firme para depois, tijolo por tijolo, erguer uma morada. Chega em um espaço de dois andares, onde ela ocuparia parte do segundo, que estava vazio. No primeiro, moradores que lembravam, de longe e de perto, a existência dos Homens e Mulheres Crianças nas casas da escola que frequentou em seus primeiros anos de vida: Homem, Mulher e Bebê. Um outro personagem transparente, mas não menos importante, poderia ser o protagonista desse espaço geográfico: o Narcisismo. Este personagem, que, por ser transparente, talvez nem seja mais mencionado, é o que fomenta pactos que por séculos buscam aniquilar a vivencia d'Ela, o pacto da existência cis-hétero centrada.

Quando o sangue d'Ela jorra e se esparrama pelo chão, assim como em seu corpo, é em processos que não se aproximam da menstruação. E a cena agora construída, e que ela também não produz em vida, é a da gestação. Amamentar, gestar, cuidar de uma criança, assim como se cuidava das bonecas nas casas antes mencionadas, eram hábitos que Ela admirava, mas que desconhecia por possuir outras performances sociais.

Nesse momento, ela, além de problematizar sua existência, se autogerava, se nutria, gestava e cuidava da manutenção de sua própria existência em um mundo que produz o sangue, para além do feminicídio oriundo do machismo, da transfobia. Mas observar um bebê ser ninado até dormir não a fazia lembrar das bonecas que lhe foram negadas, em um primeiro momento, mas sim do carinho que há muito não tinha de sua mãe.

Assim, Ela passou a cuidar caprichosamente dessa nova boneca, desse bebê que tanto bem a fazia ao entrar em contato com ela. Longe das peles ásperas que já tanto a violentaram, aquela pele macia e de choro fino a fazia entrar em contato com seu corpo-ouvido e ser toda ouvidos para esse pequeno ser.

— Colocamos o nome de Ariel, para não definir um gênero para a criança.

Diziam o Homem e a Mulher à Ela, mas Ela pouco se importava em ouvir isso ou não. Não possuía essa lupa para olhar o mundo, se importava em dar e receber carinho para talvez o único ser, comparado a todos os outros personagens do primeiro livro, que a Ela dava alguma espécie de carinho.

O seu ouvido parecia estar com um curativo, pois com o nome com o qual tinha se renomeado e escolhido, nessa nova casa, era diariamente chamada, algo que não aconteceu na casa anterior. Porém, de "amigo" algumas vezes foi chamada pela Mulher.

— Desculpe, eu tô me acostumando. Isso não vai se repetir.

Ela não conseguiu ouvir, enxergar ou sentir qualquer rascunho de transfobia, um tanto porque sua corpa já não aguentava mais apanhar. Ficou um tanto mouca, talvez numa busca incansável por não tornar-se louca. Nessa busca incansável, ela nem pensava sobre, apesar de ser premiada e de estar numa casa de artistas (mais uma!), não ser lida, assistida, contemplada.

— Que legal, parabéns! Preciso muito ler esse texto seu, e os outros.

Ela tentava fazer-se de cega e não enxergar o que estava implícito, mas jamais seria privada de visão de realidade, assim como o é a cisgeneridade.

— Isso aqui foi há tempos, não se discutia sobre isso! Você entende, né?

Dizia a mulher ao perceber que Ela, ao cozinhar, a via editando um vídeo de trabalhos recentes do Homem, seu marido. Ele era ator e, no vídeo que a Mulher editava, ele fazia, em uma grande e conhecida emissora de TV, um personagem trans, um transfake[1] descarado.

Ela relevou, mais uma vez ficou mouca, pois esperava que a Mulher editasse um vídeo que ela tinha feito recentemente para mais um teste (Ela, além de outras coisas, também é atriz). Mais uma vez procuravam insistentemente por uma atriz trans para fazer uma participação em um filme: como prostituta. Ela nem conseguia engolir o fato de, naquele momento, descobrir que o "Homem da Casa" fazia um papel que poderia ser dela ou de alguma outra parceira trans, pois não tinha nem deglutido ainda que a atual possibilidade de quitar suas contas fosse um cachê mais uma vez oriundo do que a cisgeneridade entende como único lar que serve para uma corpa trans: a prostituição. E isso, mais uma vez, até em ambientes artísticos.

— Era um homem que se vestia de mulher para se disfarçar da polícia. Mas acabava COMO TRANS e entrando em um relacionamento com um cara hétero, casado, com o qual iria fugir no fim da novela. Era comédia!

Ela nem sabe se era essa mesmo a história que a Mulher lhe contara, pois, em determinado momento, apenas via a boca da mesma se mexer como se nenhum som emitisse.

---

[1] Entende-se como *transfake* a performance de artistas cisgêneros quando interpretam personagens trans em variadas instâncias da arte, como teatro, TV e cinema. Pode-se observar a aproximação de tal prática com o ato do *blackface*, que se dá quando artistas brancos se pintam de preto para interpretarem personagens negros em obras artísticas.

Assim o fez por diversas vezes, não só nesta casa, mas ao longo de sua vida. Às vezes precisamos desligar o som de quem fala, pois essas palavras podem entrar como facas que ferem adentrando nossos ouvidos (e o corpo todo) e saindo pela nuca.

Ela, como que mudando de assunto, mas falando sobre atuação, comenta que talvez faça uma personagem em uma futura peça de teatro (on-line, como nesse momento estavam sendo feitas as atuações cênicas, por conta da quarentena devido à pandemia da Covid-19), iria interpretar uma mãe.

— Mas você não tem útero, isso talvez seja questionado pelo público.

Ela desiste e mais uma vez a observa como mais uma boca muda a se mover. Sobe para seu quarto, enquanto a Mulher deixa cair pelo ombro sua blusa onde tem escrito "Girl Power", e dá de mamar ao seu boneco-bebê.

Em seu quarto, no segundo andar, e com dor no útero que Ela não possui, escreve de uma tacada só a metade de um livro intitulado *Esse sangue não é de menstruação, mas de transfobia*. Tal escrito, nesse quarto, foi uma espécie de vômito, não como o cometido no dia em que ouviu, em seu antigo quarto-cativeiro, as falas preconceituosas das outras que no livro anterior a expulsaram, mas como um retorno ao que sempre a salva deste mundo torto: a escrita. Foi um ato também de expurgar o que ainda lhe causava, e ainda causa, muita dor: os atos cometidos muito recentemente e que a fizeram ficar sem ter, entre outras coisas, um lar para dormir.

Assim como na casa antiga, produziu um texto, mal interpretado, e enviou para leitura das outras, que não leram nem compreenderam. Ela agora mudou sua ação. Neste momento, como artista premiada por sua escrita, reconstruiu sua corpa com autoestima, pois confiava no que escrevera. Pela noite, convidou a Mulher a ouvir, de sua própria voz, o que tinha escrito naquela tarde: o esboço de seu primeiro livro-diário. E a Mulher chorou compulsivamente, assim como chora toda pessoa que não é trans e se dá conta de um pouco do que produz em nós, na gente, nas pessoas transgêneras.

— Você é muito talentosa.

— Obrigada.

Ela explica que enviará o texto para um edital, um box de autoras feministas que buscam falar do sangue que escorre de corpas femininas, para além do da menstruação.

— Eu devo ter algum trabalho que fala sobre isso. Vou enviar também. Nós mulheres temos que falar, né, mana?

Ela olha a boca da Mulher se mexendo e mais uma vez emudecendo, pois é como se a autora de tais palavras sequer as ouvisse. Ela tenta olhar a boca não mais como muda, pois se questiona e se pergunta se deve ou não calar outra mulher (mesmo que só em sua cabeça). Mas e se a mesma tem dificuldade em lhe escutar? Ou em escutar a si própria? Em dado momento Ela para de tanto pensar e volta a escutar.

— Porque você se diz como Multiartista?

E Ela explicou que é o termo que, talvez, mais a contemple, sendo ela uma artista que se comunica com a escrita, a atuação e com o que mais lhe apetecer. Na manhã seguinte, a Mulher já mudava seu currículo artístico e se autointitulava com o nome que na noite anterior, algumas horas atrás, tinha ouvido pela primeira vez e aprendido da boca de uma travesti.

— Eu também sou roteirista. Por isso sempre penso em qual personagem eu interpreto na vida do outro, como quero ser lida na história que a outra pessoa escreve.

Pois não durou muito para que Ela compreendesse muito bem que personagem ela estava a interpretar: talvez as mesmas que na casinha de bonecas suas pseudoamigas de infância já estavam a representar.

— Maravilhosa! Diva! Rainha!

Eram adjetivos que a outra moradora conferia à Ela, que, sem forças nesse momento ainda pós-traumático, tentava ser apenas Ela, e não nenhuma outra palavra que a adjetivasse tirando de si sua humanidade. Por vezes, só se quer ser e não estar sempre representando algo para além da representação do que se espera de alguém que é travesti. Mas Ela fala, sente, escreve e trabalha sobre atuação, sobre atuar em sua própria vida (como artista, como pessoa) e as pessoas cis, no geral, trabalham sobre a representação, nesse caso específico interpretando, além da lógica cisgenera, a hétero-branca-burguesa. Esse talvez seja outro recorte na vivência d'Ela nessa casa onde sempre limpou e arrumou os seus ambientes, que eram pequenos e de limpeza breve, diferente do casal que contratava a única pessoa negra que aquela casa frequentava: uma empregada.

Precisamos talvez, neste momento, compreender como nessa casa (de bonecas) Ela foi parar. A casa mencionada era alugada por Uma Bixa, amiga dos tempos de uma oficina de teatro, que tanto Ela quanto a Mulher também participaram. Durante a quarentena, Uma Bixa acolheu a Mulher nessa casa, pois a mesma estava grávida e brigada com o Homem, seu marido. Em dado momento, Uma Bixa precisou viajar e morar com sua família, em outro estado, e a casa continuou em seu nome, porém continuando com a estadia da grávida em um momento tenso na relação com o esposo. Assim, o esposo se muda para lá, e a Mulher e o Homem ficam morando e dividindo as contas no primeiro piso do lugar, até a chegada d'Ela, para ocupar um pequeno quarto vazio no segundo andar. Uma Bixa foi uma das pessoas que receberam mensagens disparadas na manhã alucinante em que Ela foi enxovalhada do antigo local em que morara. Assim, Uma Bixa ofereceu esse quarto na casa da qual ela ainda era a pessoa que nas contas seu nome constava.

Nesse momento, Uma Bixa compreende que não mais voltará para o Rio de Janeiro e que precisa passar o nome da casa para quem nela vive. O Homem e a Mulher questionam de forma animada se Ela ali continuará a viver e combinam com a artista se ela concorda em dividir o aluguel e as contas. Ela, sem saber como terá condições de realizar tal feito, fecha com os outros moradores, sabendo que dará seu jeito para ali se manter (como uma travesti sempre o faz, de forma plena e encorajada) e acorda com os outros — Ela atuando de forma verdadeira e os outros na representação narcísica. Assim, o locatário do local acerta para que passem a casa para o nome de um dos dois do casal (lembrando que Ela, além de ser trans neste Brasil assassino de vivências trans, estava sem nenhum documento, pois seus documentos foram perdidos na expulsão da casa antiga). Ela faz suas economias-empréstimos-dívidas e paga o primeiro mês de forma plena e não atrasada.

— Vai dar tudo certo, mulher! E se, por acaso, em algum momento tiver sem dinheiro, avisa. Que daí a gente te escraviza!

Disse a Mulher com riso frouxo, em uma espécie de brincadeira, e logo mudou de assunto. Ela fez com que a mesma ficasse muda em sua cabeça, apenas uma boca a se mover. Ela estava assim, tentando, inclusive e ainda, se curar dos gritos altíssimos que ouviu em seus ouvidos há pouquíssimo tempo, em outra casa.

* * *

Ela se levanta. E, sem estar preparada, recebe gritos outra vez (agora em outra casa) na cozinha e pela manhã, sentindo dores na teta que ainda cresce e, além de estar desestruturada, sente-se desamparada. Senta-se.

— Você não tirou o NOSSO lixo ontem. Levou o seu e não levou o NOSSO. Eu não consigo viver com essa sujeira que você faz. Tive que sair de manhã com o bebê no colo pra colocar o lixo lá fora, sabe?

Ela não entendera que, caso a empregada (negra!) não tivesse na casa, Ela (trans!) precisaria cumprir essa função: tirar o lixo do primeiro andar, o lixo acumulado do casal. Isso não havia sido acordado!

Mas Ela também ainda não sabia que um possível trabalho que o morador da casa faria em outro continente, em Portugal, mais especificamente, havia sido rejeitado. E lhe foi falado que eles aguardavam ansiosamente a viagem deles, Homem-Mulher-Boneco-Bebê longe da casinha de bonecas, para fora do país, tendo a segurança de que teriam Ela para cuidar da casa na ausência deles.

— E agora a gente não precisa mais de você aqui.

Disse o Homem em uma fragilidade infantil, gritando com Ela. As duas mulheres sentadas: Ela com a cabeça abaixada por não aguentar a dor de receber (mais uma vez!) gritos matinais e a Mulher dando de mamar ao bebê, fingindo que a cena não aconteceu do seu lado, na sua frente — na frente de uma artista dita feminista. Tal Mulher artista-feminista-

-branca-cis que, meses depois, ficará sozinha nessa casa, pois seu marido viajará para Portugal, sozinho, a deixando sem grana, com o bebê e uma enorme bandeira LGBT estendida na janela dessa casa forçada e falida, assim como esse tipo de relação.

Ela se retira, e eu agora nem sei o que escrever sobre o sentimento que Ela sentiu. Será que existe um nome para esse sentimento? Ela se sentia apenas nua, crua, na rua uma vez mais. Ela demorou um dia inteiro para entender o que sentia em seu corpo que tinha os seios crescentes, duros como pedra. Pela noite, a Mulher sobe ao segundo andar e a chama para apreciar a vista da Lapa. Ela, como criança desajeitada que foi descrita nas primeiras páginas do capítulo anterior, se aproxima sem saber ao certo o que a esperava, o que esperar, ainda tentando entender o que sentir.

E Ela nunca esteve tão atenta e com o corpo-ouvido tão aberto para escutar o que sairia da boca da Mulher.

— Eu preciso te falar uma coisa.

— Eu tô esperando. Pode falar.

— Eu te admiro muito, mulher. Você é uma artista incrível!

— Não precisa dar voltas: o que você quer me dizer?

— Você já viu que ele é nervoso, né? E agora a gente quer constituir família.

Eu já traí ele uma vez, tenho essa dívida na relação... e assim, a gente tá muito sem dinheiro, a gente precisa economizar e às vezes a gente te oferece comida... não é nada disso, e... (esboça um sorriso simpático) estamos pensando numa obra aqui, sabe, mulher?

— Não precisa dar voltas: o que você quer me dizer?

— Eu acho você incrível, eu posso te ajudar com tudo...

— Fala logo. Porque você me chamou aqui?

— A gente fica pensando em, sei lá, talvez, morar só, sabe? A crise, falta de grana. A mãe dele perdeu um dos empregos, tadinha. Assim, mas...

—Vocês querem que eu vá embora daqui?

— Ai, é que... (chora compulsivamente) Eu tô me sentindo a pior pessoa do mundo!

— Eu acabei de pagar o aluguel. Achei que estava tranquilo viver aqui em cima, até me organizar, acabei de passar por uma situação que...

Longo silêncio sob as luzes da noite do bairro da Lapa, altamente conhecido por ser um dos, talvez únicos, espaços sociais no Rio de Janeiro, onde se é um tanto mais normal a convivência com um alto número de mulheres trans e travestis, como Madame Satã[2] e muitas outras figuras conhecidas,

[2] Madame Satã, oriunda de Pernambuco, mas radicada no Rio de Janeiro, sendo descendente direta de escravizados africanos, era desobediente às normas de gênero impostas socialmente em um Brasil não tão distante. Nas primeiras décadas do século XXI,

que fizeram esse espaço, que o construíram e constroem, que fazem mover a noite, a cultura, a beleza e a diversidade local. Mas, apesar disso, mais uma acaba de ser enxotada do lugar de onde acabou de pagar para viver, no começo do mês, ainda pensando em como iria se alimentar, se mover e se hormonizar nas próximas semanas.

— Quanto que você precisa? Me diz? Eu terei um grande prazer em te ajudar...

— Eu não tô buscando ajuda.

Mais um longo silêncio.

Muito mais longo que o normal.

A Mulher olha para frente, para de chorar e começa a tremer. Ela sabe que provavelmente ali a outra começará a sentir o que muitas, quase todas, sempre sentem com a presença da travesti: medo.

— Quer fumar?

— Você me diz uma coisa dessas e me oferece um cigarro?

Ela se retira do espaço, e a outra se aproxima — quase que se colocando de joelhos.

— Olha, desculpa, eu... Você não está sozinha, eu te acho incrível. Eu vou te ajudar a encontrar um lugar super legal, mais de acordo com você... você, você... Você é sozinha

---

apresentava performances artísticas e vivia no bairro da Lapa, tendo escrito, de próprio punho, sua autobiografia nunca publicada.

no mundo sabe, isso é ótimo! Imagina eu que sou mãe, que tenho um filho pra cuidar, sabe? Que saiu de dentro de mim.

— Cala a boca! Eu não quero te ouvir nunca mais. Não fala comigo. Eu não tenho nada pra falar com você? O que você quer que eu te responda? Me deixa em paz! Cala a boca!

A Mulher se treme, esboçando todo o medo que a cisgeneridade, sobretudo a feminina, esboça ao ver uma travesti ser firme na fala: ela jamais compreenderá que essa firmeza não é ataque, mas sim uma resposta à grande violência (e mais uma diária) que acaba de acometer Ela. Tremendo, a Mulher sai correndo, engolindo o choro falso que teve de interpretar para romantizar aquela expulsão que acabara de cometer. E correu pedindo ajuda para aquela que desde criança a colocou em casinhas e a ensinou a como cuidar de bonecas e até a ela, já nesse estágio de vida, cuidar do boneco que ela amamenta hoje, de uma maneira um pouco pintada de rebelde por vestir-se de Girl Power. A mãe, que a Mulher até para Ela já contou que tanto odiara (odiavam-se as duas de forma mútua e intensa), teria votado no atual presidente do Brasil: representante de uma política corrupta, de ultradireita e conservadorista. A Mulher enviara uma mensagem no dia seguinte para Ela, alertando que em breve sua mãe odiada estaria ali e que precisaria ocupar o quarto onde Ela, que tinha pago o aluguel para viver todo o resto do mês, se encontrava. Ela sabia que a mãe da Mulher, sendo eleitora deste presidente, teria uma postura parecida com a de outros eleitores do mesmo, como alguns que já a espancaram na rua, pura e simplesmente por ela caminhar de dia em uma avenida. Ela também sabia que era obvio, dentro de muitas desculpas, que essa mãe bancava essa casa onde um casal de Homem e Mulher Adultos, mas similares a Homens e Mulheres Crianças, viviam e representavam a felicidade cis-hétero-burguesa centrada. Era óbvio que não caberia naquela casa uma travesti, sobretudo brincando com a boneca da filha de uma fiel eleitora de um político genocida.

Mas a mensagem recebida nem precisou ser, e não foi, respondida, pois Ela, no dia seguinte, já estava fora dali.

* * *

O som do trauma nem era ouvido por Ela, que somente espancava o seu próprio ouvido e o corpo todo. Gritava para dentro, tentando acordar todas as travestis da Lapa que dentro dela habitavam. Olhou-se no espelho e gritou um grito rouco, que só não foi ouvido porque dele som nenhum saiu. Não tinha sons, não tinha sangue, não tinha útero: essas palavras vinham e a dilapidavam por inteiro.

— Pra onde eu vou agora?

— Onde eu vou viver?

— Com que dinheiro?

— Será que todos sentem nojo de mim?

Era um uníssono de dor e sofrimento. Não sentira a antiga vontade de voar, mas dessas vozes não mais serem entoadas. Entendeu que espancava agora somente a área da garganta e começava, nesse momento, com muita efusão, a odiar a grave voz que a aproximava do que a sociedade compreende como "voz de homem". Ela, por vezes, entre os socos na garganta, sentia-se uma farsa, e essa farsa precisava ser aniquilada por si própria. Aniquilada estava sendo, aos poucos, Ela só queria acelerar o processo. Mas sem sofrimento.

Num lampejo de Lucidez, entendeu que era até mais lúcida do que quando quase voou e caiu andares abaixo uma vez. Não chorava, não falava, não se batia mais. Enrolou um lençol que usaria para amarrar uma parte em seu pescoço e outra parte no muro da varanda. Adeus, no outro dia de manhã teriam que dali tirá-la, sem que ela tivesse saído. Seria apenas mais um corpo a ser colocado para fora, junto com o lixo. Para fora da casa na qual ela não cabia.

Mas, mesmo sem falar ou respirar profundamente, todo esse ato a cansou de uma forma extenuante, sem que nem ela própria compreendesse.

E desmaiou.

CAPITULO 2
O SOM DO CORO

Escrevi porque escutei um som, vários. São outras que me chamam, de fora e de dentro de mim. Eu sou várias e, escrevendo, as ressuscito no aqui e agora.

*

— Amiga, eu tô aqui!

Essas palavras foram ouvidas com o corpo todo, e também vistas. Ela se levanta e acorda do desmaio em seu quarto escuro e se vê como se de frente para um espelho. A outra Ela teria também muitas características corporais que, no escuro, a confundiam: bochechas avantajadas, cabelos pretos na altura do ombro, tatuagens pretas espalhadas pelo corpo branco, seios pequenos e pernas grandes e cabeludas, assim como os sovacos.

Neste momento adentrou seu quarto A Amiga Sapatão, como que salvando Ela desse fatídico ato não cometido, apenas descrito no livro anterior e quase ocorrido no fim do capítulo que antecede este. As duas imagens que se parecem um tanto se fundem, se abraçam e, de mãos dadas, saem desse desmaio, após o ato não ocorrido, e voam desse quarto, dessa casa antiga com padrões assassinos ou que incitam o instinto suicida de quem dela é excluída.

A Amiga Sapatão já salvara Ela em outras épocas, pois foi a mesma que, mesmo isso ainda não tendo sido descrito, voltou com a personagem para a casa antiga, a do outro livro, e a ajudou a catar seus pertences, protegendo a mesma e escrevendo, na parede da cozinha onde as mulheres cis desrespeitavam Ela: "Transfobia mata!". Agora ela ressurgia e para Ela dizia palavras que precisavam ser ditas.

— Nunca esqueça da Sapatão pra fazer sua segurança, amiga!

Esta segurança foi feita por uma rede pouco a pouco criada e não desfeita. Esta rede se deu por conta do largo tempo que Ela não utilizou as redes sociais e nem atendia o celular, pois estava pensando em como com essa história, que nunca termina, e com sua vida acabar (mais uma vez). A Amiga Sapatão então invade a casa, sendo inclusive confundida com Ela pelo Homem e Mulher (adultos? crianças?) que nela habitavam. A sapatão invadiu, empurrou, entrou e salvou sua amiga, saindo dali com ela em seus braços. Duas mulheres que saíram e cuspiram na porta da casa cafona e assassina, segurando com força os poucos pertences d'Ela na noite da Lapa, saíram loucas, cúmplices e alucinadas... mas juntas e boladas!

Dali, foram para casa d'O Amigo Trans, que nem sabia como reagir a não ser acalentando Ela.

— Você não merece passar por essas coisas, minha amiga, a melhor escritora do Brasil! Eu te amo! Fica aqui até quando precisar... vamos improvisar uma cama pra você.

Uma Bixa, que foi quem auxiliou Ela a ir viver nesta segunda casa de onde foi expulsa (de forma velada), por tefelefone, por estar em outro estado, tenta ajudá-la. Após um tempo vivendo na casa d'O Amigo Trans, foi auxiliada por Uma Bixa a encontrar um lugar para morar e chamar de seu, por um tempo, o alugando de umA Mulher Cis Preta Bissexual. Aí, construindo, ou tentando reconstruir, seu corpo-lar, recebeu visita de umA Amiga Não Binaria, que morava perto.

— É muito estranho que tenhamos que fugir e sentir medo de conviver com mulheres, com FEMINISTAS. Nossos corpos correm perigo nesses lugares.

Tecendo várias dessas conversas com sua nova vizinha, a Amiga Não Binária, foi vivendo e também recebendo auxílios financeiros de dois casais que souberam desses atos cometidos contra a existência d'Ela. Os auxílios vieram de dois casais de Bixas Drag Queens, que a ajudaram a se manter por um tempo nessa nova experiência de morada. Aí também recebeu a Amiga Travesty, palavras de carinho e afeto de Uma Mulher Cis Preta, com quem trabalhara nos últimos meses, de forma virtual, por conta da quarentena, e também dividiu uma cesta básica com a Bixa Preta, que morou com ela no primeiro livro, sendo sua primeira aliada nada alienada.

Ela, então, nessa nova casa, começa a gritar, tentando com seu grito ocupar esse espaço novo. Com esse grito, construiu paredes fortes que protegem seu corpo e destruiu as paredes velhas, antigas, coloniais e opressoras de todas as casinhas de onde foi expulsa ao longo de sua vida. E esse grito nunca é e nunca será apenas um grito de enunciação pessoal, mas um grito que ecoa outras vozes, do antes, do amanhã e do AGORA. Uma espécie de Ágora que reúne todas essas presenças de personagens aliadas presentes em sua trajetória e que, de distintas formas, também foram expulsas e não estão de acordo com as normas de casinhas pré-construídas para seus corpos e para suas performatividades.

O corpo d'Ela, após ter sido um corpo-ouvido, entende que agora é um corpo-coro, que reflete imagens não vistas, apagadas ou distanciadas socialmente. A potência se constrói a partir da fraqueza. Isso tudo que feriu Ela a construiu, não só como uma mulher potente, mas como uma corpa-prótese que carrega em si uma espécie de máquina de escrever: sua arma protéstica e potente para revelar o que se esconde por trás de casas pintadas e bem cuidadas por fora, mas imundas e impotentes por dentro. Ela passou a, nessas novas paredes de sua casa-corpo em formação--transição, gritar a partir da cabeça, das mãos, do coração, do cu, do dedo — gritar com o corpo todo. Diluir esse grito e engoli-lo, gritar de novo e transformá-lo em potência. Ela é uma corpa-máquina que escreve, ela autocircunscreve a sua existência e as possibilidades irreais ou não, escreve com verdade, criando possibilidades reais de ficção, ou não. Essa nova máquina na qual se transformou não é estática, mas incomoda muitos, e Ela, agora, sabe disso. Ela transcreve sua trans-existência. Ela cria uma fricção entre as paredes desse seu corpo em ebulição e as paredes opressoras das casas por onde passou e passará, entendendo que precisa demoli-las após dentro delas fracassar. O fracasso de não poder ser tudo que quiseram que Ela fosse desde que nasceu é um impulso para que ela agora entenda que tal fracasso deve ser lido com orgulho: eu não nasci para ser uma Mulher (Criança--Adulta) e corroborar com as estruturas dessas "casinhas", eu sou descendente das que foram expulsas e humilhadas desses lugares: o que eu quero é unir-me a quem mais se interessa em destruí-los, com vontade!

Ao sair desta última casa falida e como fracassada (o que ocorreu repetidas vezes em sua vida), acompanhada de sua Amiga Sapatão, ela arriscou respirar e não sair desesperada como saiu de outras tantas casas, sair sem olhar para trás, mas buscando salivas contidas e não engolidas em sua garganta para fazer um bolor áspero com elas e cuspir, entregando àquele espaço o que a ele pertence: o ódio não engolido, mas transformado em excreção podre, assim como é o ato da exclusão e expulsão transfóbica. Ela agora se vira apenas para cuspir e sair dali, em busca de (re)construir seu corpo que cada vez mais adere às próteses remanescentes do seu povo, do seu coro.

Na verdade, nem se sabe ao certo se foi Ela ou a amiga quem virou para trás e cuspiu, ou se foram as duas, pois, em sua memória, essa casa nem existe mais. Em seu lugar, estão duas mulheres nuas, de mãos dadas pelas ruas escuras da Lapa, caminhando e gargalhando, com as paredes sendo demolidas e implodidas lá atrás, pegando fogo e com sons de gritos da casa da família tradicional que compactua com a assassina tradição de nos matar.

Elas, sem roupas, dão as mãos para outras (e outros e outres) sem roupas que encontram no caminho e que caminham e pulam e gritam e que possuem corpos e corpas diversos, tendo, talvez, como semelhança apenas o fato de serem excluides dessas casas antigas e um órgão corporal: o cu. E esse coro de cus dissonantes baila e ri, pois é feito de seres gritantes e não só corpo-ouvidos, são viscerais, gritantes e vívidos. Gargalham ao verem uma imensidão de casas sendo demolidas, pegando fogo, sendo devastadas e não sobrando nenhum resquício do que se entende como Homem ou Mulher.

ILUSTRAÇÃO: ÍRA BARILLO

[epílogo]

Casas destruídas pela redenção do fracasso

Escrevo na tentativa de ser rebelde, não somente quanto às normas de gênero, mas entendendo que a escrita é minha arma e que minha rebeldia é ser travesti.

*

Falar de si na terceira pessoa nunca foi um ato narcísico, mas uma busca por uma autoatuaçao. Como conseguir enxergar esses processos de fora de mim mesma para compreender a estrutura social que me faz passar por eles? Ela sou eu, e eu tenho um nome. Mas não falo por mim, apenas, falo por muitas que não precisam passar por essas violências. Concluo que talvez se faça nítido nestas páginas escritas que este livro é sobre e pela construção da vida — e não da morte. Ela não está morta e nem precisa morrer: mortos estão em vida os que a expulsam e expulsaram. Talvez eu construa esse livro na tentativa de destruir o anterior. Poderia ser sobre construir este livro como uma grande borracha que apague o suicídio cometido no primeiro pela personagem de mim mesma: eu-Ela. Compreendo, e gostaria que me compreendessem, que tal ato não é digno de ser escrito para corroborar com a manutenção da história de morte e distanciamento social que tanto cerca pessoas trans. Mas concluo que talvez se faça preciso o primeiro livro, sobretudo para que pessoas não trans repensem seus atos cotidianos que também podem ser lidos como atos que mantêm a máquina de construção de morte e apagamento trans. Mas esse ato de alerta para pessoas cisgêneras é um grande gatilho emocional para mim que vivenciei, como Ela, e para outras personagens cotidianas que possuem vivências semelhantes às minhas e às d'Ela. Indago-me se este segundo livro não é construído apenas para mim mesma, para que eu possa o ler e sentir orgulho e não o embrulho no estômago que sinto apenas ao mirar a capa do primeiro. Pego-me pensando que este segundo livro também, para além de mim mesma, seja uma escrita diretamente para pessoas trans, que se vejam e se orgulhem da não morte da autora-protagonista. Penso que pode ser que esta escrita segunda seja também para todos os tipos de corpos que são lidos como desviantes, que, ao lerem estes escritos, possam se perceber como potências em suas vivências particulares e como resistência em uma sociedade com padrões opressores e seculares. Não caber em uma pequena casa de bonecas, que já era velha e antiga, em nossas infâncias desviadas é potente e precisamos encontrar o orgulho de viver e sermos redentoras desse fracasso: reconstruir nossas novas casas e corpos-lares. Que possamos destruir as casas antigas que não nos cabem, que possamos crescer e criar paredes concretas, assim como as capas deste livro, para protegermos a nós e a outras tantas bonecas que são expulsas de formas esdrúxulas, ao ponto de ficarem desgostosas e sem vontades.

Sejamos nós, mas não sós.

Diga-me com quem tu andas, que te direi quem és.

Eu ando comigo e eu sou muitas, quantas eu quiser, quantas eu me dispuser a ser. Meu corpo, meus hormônios, minhas regras.

Meu corpo, minha casa.

Eu sou uma boneca de neca, como e até quando eu quiser. Sejamos sós, com nós e repensemos quem seremos esse nós.

Sejam,
além.

ELA

MARIA LUCAS

além de mestra em Teoria e Crítica de Artes pela UFRJ e bacharela em Teatro pela PUC do Rio de Janeiro, é uma artista multidisciplinar que busca construir uma linha sutil que mescle arte e vida, por meio de distintas plataformas artísticas, críticas e performáticas.

este livro foi editado

no outono

de 2022